U0140968

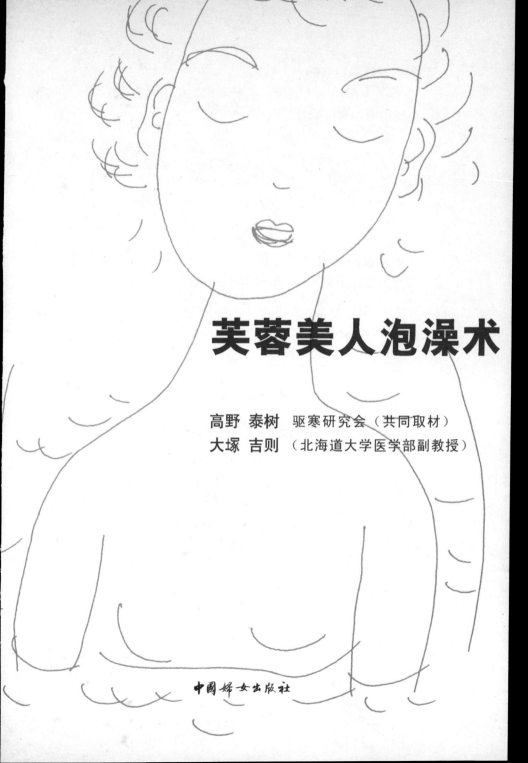

芙蓉美人泡澡术

高野 泰树　驱寒研究会（共同取材）

大塚 吉则　（北海道大学医学部副教授）

中国妇女出版社

图书在版编目（CIP）数据

芙蓉美人泡澡术／（日）高野泰树著；王劲松译

北京：中国妇女出版社，2003.12

（丽人宝典）

ISBN 7-80131-907-9

Ⅰ.芙… Ⅱ.①高… ②王… Ⅲ.沐浴－基本知识
Ⅳ.TS974.3

中国版本图书馆CIP数据核字(2003)第099904号

著作权合同登记图字：01-2003-4899

芙蓉美人泡澡术

高野泰树 著　王劲松 译

中国妇女出版社出版发行

北京东城区史家胡同甲24号

邮政编码：100010

各地新华书店经销

北京汇元统一印刷有限公司 印刷

880×1230　1/32　3印张　40千字

2004年1月第1版　2004年4月第2次印刷

印数：5001-10000 册

ISBN 7-80131-907-9/R·95

定价： 15.00 元

序

泡澡可以左右寿命？！

　　泡澡不但可以放松疲劳的身体，还可以振作你消沉的意志。

　　在忙碌完一天以后，泡澡所带来的如同享受美味大餐一般的愉悦心情，是男女老少都应该能实际感受得到的。

　　泡澡既可以清洁身体，又可以恢复精力。

　　但是，绝大多数人都不知道除此之外泡澡的真正价值。

　　只要能够真正了解了泡澡的作用和目的，任何人都能够获得健康这笔"财富"。

　　根本地驱除作为许多病症根源的"虚寒"，是泡澡真正的目的之一。

C O N T E N T S

目 录

第一章　你的泡澡方式正确吗 1

"饮食合理，运动适当。我认为我的健康管理很完美呀？" 2

"没有寒症的人就应该不用泡澡了吧？" 4

"泡澡？平常太忙了，所以我总是只冲冲淋浴。" 7

"我最喜欢泡澡了，经常把身体直到肩膀都泡进去，数到100才出来！" 8

"只泡半身的话，根本没有泡澡的感觉！" 11

"说什么呢，我觉得泡澡不泡很热的水就根本不叫泡澡。" 12

"泡澡太浪费时间啦！我总是烫一下了事。" 14

泡澡的科学1 泡澡的三大功效 16

泡澡漫谈1 希腊浴和罗马浴 20

第二章　泡澡方式五花八门 22

促进全身血液循环的"足浴" 25

只要有浴桶和热水，随时随地都可以泡澡。 26

这么简单的足浴法 27

对于常用手和手腕的人，大力推荐"手浴" 28

这么简单的手浴法 29

最适合老人和体弱者的"反复浴" 31

有细微泡沫不会让人感觉水冷的"气泡浴" 33

做5分钟的气泡浴相当1个小时的按摩效果 35

气泡浴有超级护肤效果 36

"仰浴"、"浮游浴"可以让你彻底放松 38

泡澡的科学2 泡澡的温度和血压 40

泡澡漫谈2 土耳其浴 44

第三章　不同病症的泡澡疗法 46

寒症 47　　生理痛 48　　胃病 50

失眠 51　　精神压力 52　　疲劳感 53

便秘、腹泻 54　腰痛 56　　肩膀酸痛 58

感冒 61　　头痛 62　　高血压 64　　心肌梗塞 65

泡澡的科学 3　红外热感应证明了气泡浴的保温效果 66

泡澡漫谈 3　桑拿浴和温泉疗养院 70

第四章　泡得更舒服、更美丽 72

使用入浴剂，泡澡效果更显著 74

松叶香气，充分享受森林浴的感觉 75

保湿效果，肌肤更美丽 76

随心所欲，有个人风格的泡澡时间 78

　　　私人图书室 78

　　　卡拉 OK 练唱，心情更舒畅 79

　　　勤奋学语言 80

　　　美容室 81

泡澡安全讲座

体弱者和老年人应尽量避免第一泡 82

要注意冬天浴室和更衣室的温差 83

泡澡前后记得要好好补充水分 84

头上的毛巾可以预防头晕脑充血 84

泡澡后冲温水能防止着凉 85

泡澡的科学 4　植物性神经与泡澡的关系 86

泡澡漫谈 4　日本人对泡澡的喜爱是从佛教传来时开始萌芽的 88

第一章

你的泡澡方式正确吗

俗话说"病由心生"，但是东方医学的观点认为，正确的说法应该是"病由'寒'生"。

无论是轻微的感冒还是复杂的病症，所有病症的根源实际上都可以溯源到单纯的"饮食过度"或是"虚寒"。"饮食过度"就不必解释了，但是对于"虚寒"的危害，大家却都知之甚少，被人忽视了。

如果对"虚寒"放任不理的话，甚至可能会引发不治之症。

每天的"虚寒"都应该通过当天泡澡来解决，这是保持身体健康的捷径。

因此，让我们早日开始正确的泡澡方式，有效驱走体内的虚寒吧！

"饮食合理，运动适当。

我认为我的健康管理很完美呀？"

"虚寒"是万病之源

每个人都有一套自己注重健康的方式。

比如，合理饮食、适度运动、有规律的生活等等。

但是，很多人都忽略了最重要的一点，那就是身体的"虚寒"。

隐藏在身体某部位的"虚寒"会夺去毛细血管的活力，使全身的血液循环系统恶化。

血管根本的作用是，给身体各个组织或器官输送新鲜的氧气和营养，并带回二氧化碳和废弃物。

血液循环不好，维持生命的基本功能就会衰弱。

所以，如果你不重视驱寒，就永远不会拥有真正的健康。

"没有寒症的人
就应该不用泡澡了吧？"

虚寒不仅仅指"寒症"

过去，"寒症"一直被认为是女性才会有的，但是最近儿童甚至是青壮年中的低体温症状在不断增多。每到夜晚手脚冰凉、无法入睡。即使是盛夏酷暑，也会感觉到下半身传来的阵阵凉意……

这种情况如果不尽快诊治，仍旧置之不理的话，虚寒就会演变成病理上的"寒症"。

所谓"寒症"就是指偶发性的"虚寒"转变成了常发性的、常驻于身体内的状态。

"寒症"一旦形成非常麻烦，而且是很难根治的。它不仅会使人更容易患感冒，出现肩膀酸痛、生理不调等等各种类型的不适症状，而且糖尿病、心脏病等生活习惯病，甚至是癌症等各种疾病都有可能随之产生。

"虚寒"实际上可以说是身体为了避免引发各种严重病症而发出的SOS紧急求救信号。

另外，如果你认为"虚寒"是只在冬季才会出现的症状，那就错了。

像夏季的"中暑"，或者因为过度兴奋而大脑充血等时候，手脚也会发凉。这也是"虚寒"的表现。

"虚寒"不仅仅是有"寒症"的人才有的烦恼。

这可怎么办……

"泡澡？平常太忙了，

所以我总是只冲冲淋浴。"

"泡澡"是最简单有效的驱寒法

你是不是会认为我们人体的体温全身各处都一样呢？

其实不然。人体的温度在心脏中心附近有37度左右，但是到了脚踝一带竟然还不到31度。这种身体各部位间必然会出现的温度差，在东方医学中称为"虚寒"。

"虚寒"不仅表现在上下半身，也存在于身体的内外。

能够消除虚寒的惟一的方法就是泡澡。

而仅仅冲淋浴是无法真正地驱除体内的虚寒的。

很多人都应该有过这种经验，那就是当你飞快地冲完一个热水澡的时候，虽然你的皮肤已经被烫红了，但是身体里面却还觉得没有暖和起来。

这就像用高温烤鱼一样，鱼的表面已经烤焦了，但是里面却还是生的。

也就是说，简单地冲冲淋浴无法使身体里面也暖和起来。

"我最喜欢泡澡了，
经常把身体直到肩膀都泡进去，
数到100才出来！"

泡澡要泡半身浴

要想百分之百地发挥泡澡的驱寒效果，那就不能简单地随意泡泡而已。

因为有时因泡澡的方式不当，还会使身体状况更加恶化。

泡澡时可以悠闲地从一数到一百，慢慢地泡，泡长时间一点。但是，那种连肩膀都泡进去的方式是极不可取的错误泡法。

因为促进身体健康的泡澡方式根本上应该是半身浴。

所谓半身浴就是说泡澡时不是把整个身体都泡在水里，而是只将胸部以下的半身泡进去。

对于那些深信泡澡应该将整个身体包括肩膀都泡进去的人来说，可能一开始会对半身浴抱有半信半疑的态度。

但是，如果你泡澡主要是为了身体健康的话，那么你就必须要认识到，只有半身浴才能最好地发挥出促进健康的作用。

那都是过时的说法了

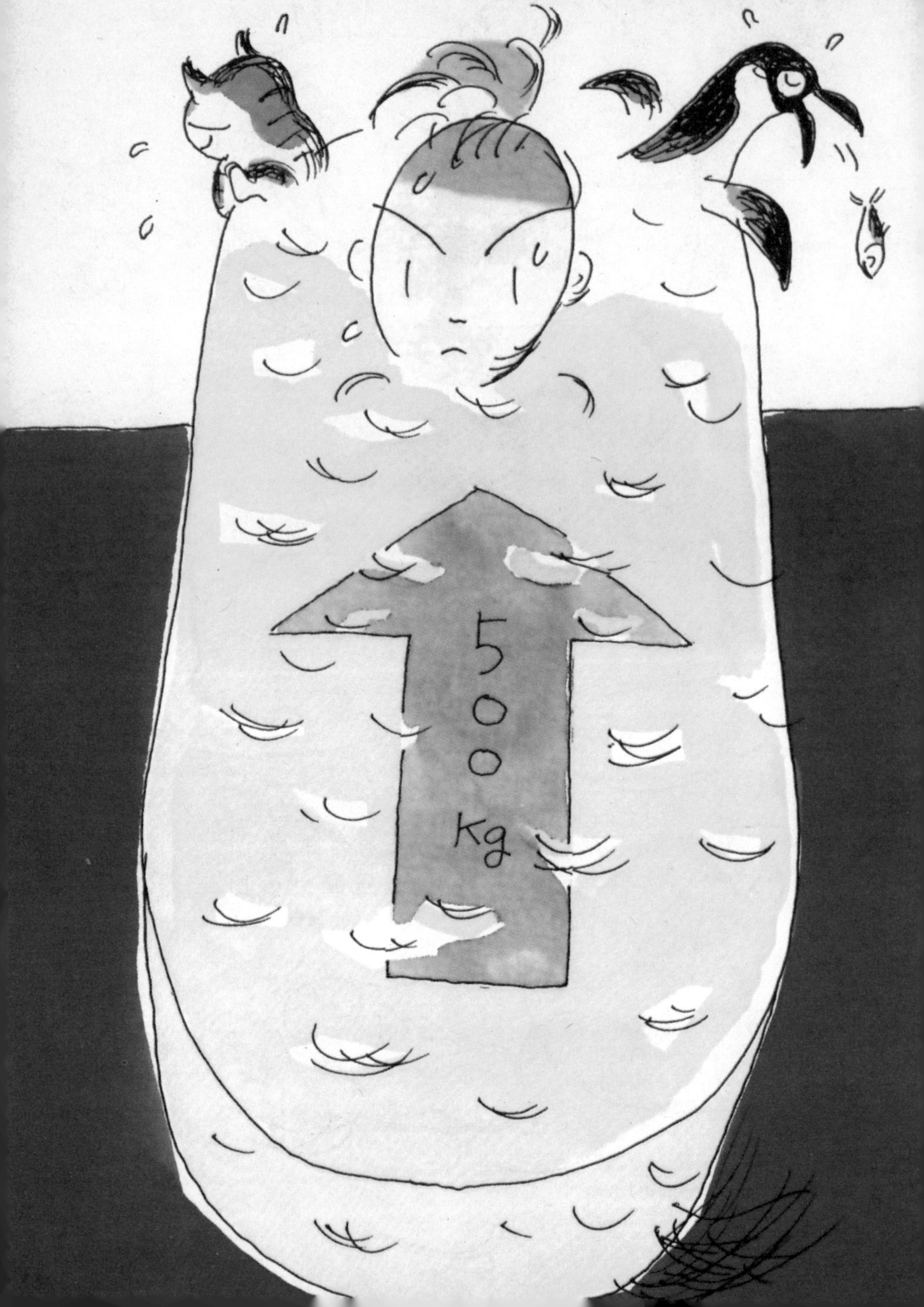
500
Kg

"只泡半身的话，

根本没有泡澡的感觉！"

只让下半身承受水压，才能够改善
身体的血液循环

在我们每天不经意的各种泡澡方式中，最有问题的，就是将整个身体都泡入浴缸中的这种泡法。

采用这种泡澡方式，身体所要承受到的水压竟然达到500千克以上。

这么大的水压会使血管、淋巴腺骤然收缩。一齐涌向心脏的血液、淋巴液，会使心脏工作负担加大。

为了减轻水压带来的负担，半身浴是最好的方法。

半身浴的基本泡法是，只把胸部以下的部位泡进水里。

上半身，就连胳膊都不能泡进去。

这样只让下半身承受水压，因此足部、腿部的静脉血液就能够很自然地被压回到心脏里来。

"说什么呢，我觉得泡澡
不泡很热的水就根本不叫泡澡。"

泡澡水太热反而会引起反效果

很多人认为，把整个身体全部泡进很热很热的水里才是泡澡的真谛。

几乎所有的日本人都认为这样泡澡很幸福。

能使皮肤感到很热的水的温度至少都在４２度以上，所以说，日式泡澡温度都很高。

这么高的水温对于一般泡３３～３７度左右微温浴的欧美人来说是难以想像的。

一般看起来，水温越高，相应地体温也会变高。但是，实际上正相反，皮肤为了阻止更多的热量进入体内而呈现出防御反应。

虽然泡热水澡会使皮肤表面温度增高，但是因为血管收缩，致使血液循环恶化，而身体内部仍旧处于虚寒状态。

此外，过热的水温会刺激交感神经，而使全身都兴奋、紧张。

科学实验已经证明，为了避免皮肤毛细血管过度的防御反应、使身心更加放松，３８～３９度的水温最适宜泡澡。

好热啊！

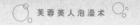

"泡澡太浪费时间啦！
我总是烫一下了事。"

理想的半身浴与简单地烫一下了事
的泡澡方式完全相反

快速地在很烫的洗澡水里泡一下就出来。

这是日本人比较喜欢的洗澡方式，泡在洗澡水里的时间其实才不过1～2分钟。

仅凭这么烫一下，根本不可能让身体由内向外暖和起来。

而半身浴就与此完全相反了。只要你放松心情，拿出充足的时间来泡澡就可以了。

① 泡澡水温度适中，不能太烫。

② 只泡下半身。

③ 慢慢泡，泡久一点。

半身浴的泡法仅此三个要点。

因水温而逐渐升温的血液要流经全身需要大约 20 分钟。

当上半身开始发红，额头上也慢慢开始冒汗，这些都是身体发出的信号："全身都已经暖和起来了。"

水温如果一直保持在 38～39 度的温度，你不必担心会泡得头晕。

还可以在泡澡的同时翻翻杂志，或按摩身体来消除一天的疲劳，精心营造一个属于自己的快乐的泡澡时光。

啊……

泡澡的科学1

"泡澡的三大功效"

1. 温热作用——促进血液循环和新陈代谢

　　泡澡能将热水的热能通过皮肤传至体内。受到热水的刺激，皮肤的毛细血管会扩张，血流量增加，被温暖的血液流回心脏再循环至全身。这就是泡澡使得全身温热起来的机械原理。但是并不是说，只要泡澡，身体就会温热起来。如果水温高达42度以上的话，皮肤的确会被烫红，但那只是表面上的反应，热量并没有传至体内。为了使热量传导至身体内部，泡澡的水温最好不超过40度，尽量接近体温。

　　这样的水温对身体的负担及影响都很小，所以可以长时间地浸泡。这样可以让身体一点点加温，让热量慢慢地传遍全身。

皮肤血流量的变化（水温39度泡澡／10分钟）（毫升／分／100克）

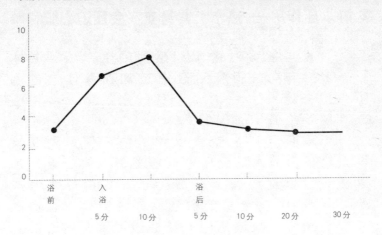

体表皮肤温度与体内温度的变化（水温39度／泡澡10分钟）
（毫升／分／100克）

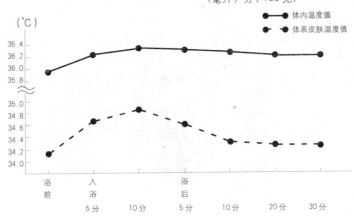

2. 静水压作用——热水"紧身衣"会压迫心脏和肺

　　大家可能会对这个词感到陌生，所谓热水"紧身衣"就是指在浴缸中施加在身体上的水压。你知道吗，包围着全身的水的压力会使腹部、腿部变瘦几厘米。

　　无需任何努力就可以变苗条！但是别高兴得太早。因为水压会压迫静脉血管、淋巴腺，所以才说泡澡时全身像是裹上了一件由热水做成的"紧身衣"。全身的血液一齐涌回心脏，心跳加剧。此外，被迫处理大量血液而膨胀的心脏会对肺造成压迫。再加上受水压压迫的腹部的影响，横膈膜也受压向上，结果造成肺部的空气减少，因而呼吸更加急促。

　　如果把肩膀以下的全身都泡在水里，过高的水压对心脏、肺构成较大的负担。正是因为这个原因，我们建议大家泡半身浴，就是只把胸部心窝下面的部分泡进水里。

身体在空气中及全身浴所受到静水压时，
体内血液分布和对心肺功能的影响。

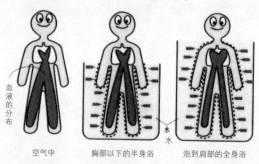

空气中　　　胸部以下的半身浴　　　泡到肩部的全身浴

3.浮力——在浴缸里就可以轻松康复

　　有腰疼、关节疼的人，平常生活中会有一些肢体很难做到的动作，但若是在水里做，就会轻松多了。这全靠水的浮力起作用。老年人在水中步行锻炼就是很好地运用了这个浮力的原理。人体在水中的重量仅为在空气中体重的十分之一。因此不难理解，在水中体重对于关节所施加的负担减轻，全身的运动也就更容易进行。而且就连平时感到疼痛、活动不便的部位，在水里也能更容易舒展弯曲而不会太痛苦，所以说浴缸是个极好的康复空间。不过水里也有一定的阻力，所以要注意在水里活动要轻柔缓慢一些。

泡澡漫谈 1
"希腊浴和罗马浴"

　　古希腊的数学家、物理学家阿基米德一边高呼着"我明白了！"一边冲出了浴池的故事早已脍炙人口。要是没有浴池的话，他就不可能发现"阿基米德定律"了。创建了世界上最早的公共浴池的希腊人的确是很爱干净，但是他们并不迷恋泡澡。在古希腊社会的教育中心——"体育馆"（进行体育训练和哲学讲义场的综合性智能设施）中，浴池只是其中用以清洁身体的一个必要设施而已。

　　另一方面，罗马人却在泡澡一事上花了很多心思，尽其所能热衷于研究豪华的泡澡享受。甚至有人说"罗马帝国之所以灭亡，就是因为罗马人在公共浴池泡澡泡得太久的缘故。"正是因为罗马人对于泡澡的这种挚爱才使得安东尼奥大帝所建的，配备有神殿并兼有娱乐场所性质的巨大浴池得以出现。罗马的浴池不像希腊人那样只作为体育运动场所的一部分，而是成为了社交场所，而且当时男女混浴也使得社会风气大乱。直到拜占庭帝国（即，东罗马帝国）时期，男女混浴才被全面禁止。

正是为了给罗马城提供大量的用水，当时修建的水道桥，堪称古代建筑的杰作，也是古罗马的文化遗产之一。据说，当时罗马市民每人的平均用水量相当于现代四人家庭的用水量。总而言之，公共浴池的兴起与发展与罗马帝国的繁荣有着密不可分的关系，在罗马人所到之处都建起了罗马式的公共浴池。

就连英语"bathroom"一词的词源——英国的bath地区的浴池遗址，也是古罗马人建造的。

第二章

泡澡方式五花八门

　　一说起泡澡，无论是谁都会联想到把全身都泡在热水里的情形吧。

　　不过，借用蒸气使身体升温而流汗的桑拿浴，也是泡澡的一种方式。

　　泡进水里的方式，可以通称为〝沐浴〞，它又可以分为〝全身浴〞和〝部分浴〞两种。

　　我们平常不太熟悉的〝部分浴〞，和全身浴一样可以暖热身体，最具魅力的还是它具有在短时间内消除疲劳的速效性。

　　还有一种泡澡方式叫反复浴，虽说同样是泡进水里，但其中还夹有休息时间。

　　此外，号称最有利于健康的泡澡方式——气泡浴，其奇异的疗效也不容忽视。

　　尽早解决身体内积累的〝虚寒〞和疲劳，是保持身体健康的秘诀。

真方便……
使足浴变简单的 "泡脚机"

24

促进全身血液循环的"足浴"

身体各部位中最容易发凉的就数双脚了。

长时间走来走去，或者是一直站立，要不然就一直坐着，脚在一整天当中一直都不停歇。

从心脏运送来的新鲜血液在全身循环的折返点就是脚，脚如果疲劳了的话，血液循环当然也会随之受影响。

血液循环本来就是需要由心脏、血管和肌肉共同合作才能实现的。

脚被称为人体的第二个心脏，就是因为脚起到了像水泵一样的作用，使流到脚部的血液再重新返回到心脏。

脚如果发凉的话，那么本应返回到心脏的血液就会在此淤积。

这种时候，建议你试试既简单又有效的"足浴"。

足浴，顾名思义，就是泡脚，把脚泡在热水里。

足浴可以快速解除疲劳和"虚寒"，而且与半身浴一样，可以使全身都暖和起来。

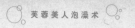
只要有浴桶和热水，
　　随时随地都可以泡澡

　　在身体各个部位中，脚趾末端是血液循环量非常大的部位。

　　在脚部被暖热的血液，经过体内循环返回到心脏，因此可以明白，足浴与全身浴一样可以起到温热全身的效果。

　　如果血液循环顺畅的话，就能够消除积累在肌肉里的疲劳物质——乳酸。

　　泡脚时，用大塑料袋或者大浴巾等将泡脚的容器连同脚一起紧密地包裹起来，泡脚水就不会凉得那么快。

　　当然也别忘了准备一个装满了热水的暖水瓶，用来调节水温。

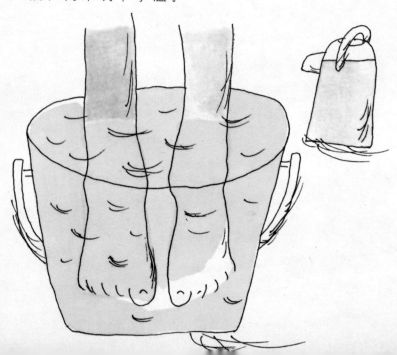

这么简单的足浴法

1. 在较深的容器里注入微烫的热水（40~45
   度），将双脚泡进水中温热。

2. 坐在椅子上让全身放轻松，坚持10~15分
   钟。如果水变凉了，就用暖水瓶中的热水
   来调节温度。

3. 一边泡脚，一
   边轻轻地按压
   脚底，或者交
   替地打开或闭
   合脚趾，这样
   健身效果就更
   好了。让平常
   憋在鞋里的脚
   趾解放出来
   吧！

4. 泡够15~20分钟
   后，用毛巾将
   双脚整个包裹
   住，然后休息
   放松一会儿，
   被温热的血液
   就会循环至全
   身。

对于常用手和手腕的人，
大力推荐"手浴"

与足浴同样既简单又能温暖全身的还有手浴。

你只需将双手包括手腕部分完全泡进微烫的热水中即可。

若能顺便进行按摩，效果就更好了。

即使不清楚具体的穴位也不要紧。

只要把手不断握紧再松开，或者一根一根地拉拽一下手指，就能够促使手腕到肩部的血液循环更顺畅。新陈代谢也会更活跃。

消除手和手腕的疲劳自不必说，你若想舒缓肩部、颈部的酸痛，也建议试试手浴。

这么简单的手浴法

1. 在洗脸盆中注入微烫的热水（40～43度左右），将双手连同手腕部位都浸泡在水中。

2. 保持这种姿势并放松。如果按摩手指，效果会更好。

3. 泡10～15分钟后，不仅仅是手，全身都会温热起来。水温变凉的话，就续上暖水瓶里的热水来调节温度。

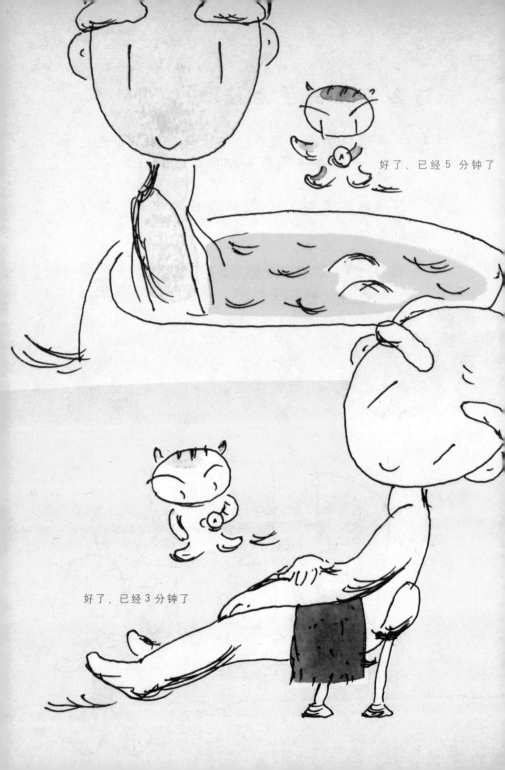

最适合老人和
体弱者的"反复浴"

对于体质虚弱的人，或者心肺功能比较差的老年人，要特别推荐的泡澡方式是"反复浴"。

具体来说，就是在对心脏、血压负担较轻的温水里泡半身浴5分钟，然后再出来休息3分钟，这样反复2~3次。

反复的次数还可以根据当天的身体状况或者心情好坏来调整。

因为泡澡会加速能量代谢，所以长时间地泡澡，会非常容易疲劳。

反复浴与一直持续长时间的泡澡相比较，对身体所造成的负担要轻很多，而且泡完澡后，皮肤的血流量会明显增加，身体也不会那么怕冷了。这也是反复浴的一大好处。

但是别忘记，泡完澡之后要再好好地用热水冲冲身体，做好充分的出浴准备。

【气泡浴的温热效果】

有细微泡沫
不会让人感觉水冷的"气泡浴"

泡沫浴在温泉疗养院或者温泉宾馆等地几乎都有。

相信很多人在洗气泡浴时，只是充分享受到了轻柔地包围着全身的气泡所带来的豪华的感觉，但却不知道气泡真正的效力。

气泡浴最大的特点是其温热身体的效果比其他泡澡方式都要好。

在热水中，无数个细微的气泡相互碰撞而产生的振动会刺激体内的血液流动，让热量传遍全身各处。

此外，气泡会让热水不停地被搅动，因而泡澡水可以保持在均衡的温度，这也对气泡浴非凡的温热身体的效果助了一臂之力。

更令人惊奇的是，泡完气泡浴出来之后过一段时间，体温会再次上升。

所以，即便泡完澡出来已经过了一段时间，体内仍然保持着温热的状态。

【气泡浴的按摩效果】

做 5 分钟的气泡浴
相当 1 个小时的按摩效果

在温泉之乡时常会看到的瀑布疗法，是利用水压进行按摩的水压疗法之一。

这种水压疗法欧美自古就有，气泡浴中用以制造气泡的设备，原本是作为一种水压疗法而开发的医疗器械。

其特点就是由细微的气泡群所产生的振动起到的按摩效果不只停留在身体表面，而且能深深地传导至体内。

这是因为，振动在水中更容易传递，并且人体有70%都是水分，故而能够轻松地对体内起到按摩的作用。

也正因为如此，仅做5分钟的气泡浴，就可以得到1个小时的按摩效果。

对感觉不适的部位，进行集中的气泡冲击，既可以放松肌肉，而且镇痛效果也特别好。

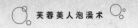
【气泡浴的清洁力】
气泡浴有超级护肤效果

能够让人全身都放松下来，并且使体内都温热起来的气泡浴，它的第三个功效就是超强的清洁力。

气泡浴具有乳化污垢、油脂等老化废弃物质的作用。

它不仅可以清洁皮肤表面，细微的小气泡还能全面深入毛孔深处。

将汗腺、皮脂腺里的污垢都乳化掉，再将其清除出来。

清洁后的皮肤呼吸更加顺畅，不但按摩效果好，同时也促进了全身的新陈代谢。

使皮肤返老还童，有超强的护肤美容的功效。

小气泡真了不起！

"仰浴"、"浮游浴"
可以让你彻底放松

泡澡最重要的作用就是驱除体内"虚寒"。并且泡澡还有消除疲劳，放松身心的力量。这也正是大家都非常喜欢泡澡的理由吧！

放松、休养效果最好的泡澡方法就是"仰浴"和"浮游浴"。

所谓"仰浴"，顾名思义就是将头靠在浴缸边儿上，以仰面朝上睡觉的姿势泡澡。

因为全身都泡在了水里，所以水压不像半身浴那么少，但是对心脏所造成的负担却和半身浴差不多。

并且，由于浮力的作用，身心的疲劳都能得到舒缓。

在这种泡澡方式下，身心都放松时，脑部发出的 α 波竟然是一般泡澡时的一倍左右。

就连患有高血压、心脏病的人也能够采用这种泡澡方法放心地长时间泡澡。

此外，最近在以色列的"死海"备受关注的"浮游浴"，实际上就是全身放松，将身心都交给海水，漂浮在水面上。

　　这种泡澡方式，可以将身体从重力中解放出来，因此被用作消除腰疼、关节痛的水疗法，受到大家的喜爱。

　　在自己家里的浴缸里不便采用这种泡澡方式，但是在露天浴池里，那可一定要试一试啊！

　　如果靠近海岸，那还能让全身沐浴在新鲜的海风里的矿物质中；如果在深山里，全身就可以沉浸在树木散发的芳香物和负离子中。

泡澡的科学2
"泡澡的温度和血压"

热澡水和温澡水在作用上的不同

　　虽说泡澡是保持身体健康必不可少的因素，但实际上泡澡最重要的是泡澡水的温度。因为水温不同，对身体产生的影响也是完全不一样的。你知道吗，让人既不觉得冷也不觉得热的温度，被称为无感温度。这种温度与人体体温相近，即35～36度左右。在这个温度下，身体所受到影响最小，能量的消耗也近乎于零。也就是说，在这样的水温中泡澡人体不会感觉到疲劳。

　　一般所说的热水，水温都在42～43度左右。这么高的温度会刺激交感神经，因此不但会使精神更加兴奋，还会促进机体的排汗功能。体内水分流失，血液就相对浓缩，血液黏度增高，大脑中的血液量也会减少。与此同时，血压和心跳都会急增而有可能引发中风。因此，患有高血压、心脏病的人要格外小心泡澡的水温。

　　话虽如此，但也不是说泡澡时水温高一些就一点儿好处都没有。较高的水温可以消除身体肌肉的疲劳，驱除困意，对生理痛及低血压也有较好的改善效果。另外，较高水温还能抑制胃酸的分泌，因此建议患有胃溃疡的人泡澡时水温可以高一些。

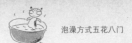

另一方面，我们所说的温水，水温在 38～39
度左右。温水对身体的影响与热水是完全相反
的。具体说也就是，温水会刺激副交感神经，因
此能够使劳累了一天的身体得到休息。温水泡
澡不会出很多汗，对于体力的消耗也很少，因此
可以说温水最大的功效就是可以使人身心都彻
底放松。

容易受到水温影响的血压

　　人体会因为泡澡而引起各种变化，最容易发生巨大变化的就是血压。如果是泡水温较高的热水的话，只要两分钟，血压就会上升30～50毫米汞柱。这对于健康的人来说不会有什么问题，但是对于患有动脉硬化或糖尿病，血管本来就变得很脆的人来说，是非常危险的。因为血压骤然上升，有时会引发脑出血。

　　过一会儿血压慢慢地降下来了，可是接着轮到有使血液凝结作用的血小板的活动增强，这样很容易形成血栓，有时甚至会引发脑梗塞或心肌梗塞。对于患有高血压的人，最适合泡温水澡，因为，泡温水澡会避免一开始就出现血压急剧升高的现象，并且还具有降低血压的作用。

泡澡温度与血压的变化

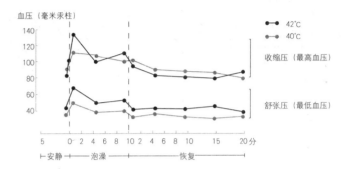

身体对温热程度的负荷及血液黏度的变化

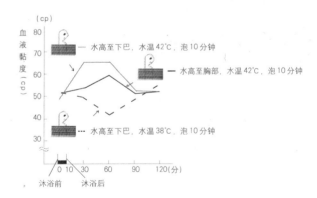

泡澡漫谈 2
"土耳其浴"

　　对于伊斯兰世界的人来说，泡澡是具有宗教意义的行为。因为他们一直相信通过这种身心都能放松的慢慢泡澡的方式，能够得到神灵的启示。伊斯兰教义中原本就有要求净身、保持身体清洁的义务。因此，伊斯兰世界的公共浴池——哈玛姆是一个与外界截然不同的冥想的场所，甚至可以说成是水中的寺院。哈玛姆来源于阿拉伯语的"加温、加热"之意，是规模相当大的蒸气浴池。

　　这种宗教上的信仰再加上罗马浴的传统，二者相互作用，哈玛姆遍及奥斯曼帝国全境，据说其全盛时期在巴格达就有3万多处。建造一个浴池，其装置需要花费很多财力，如果不是非常富有的家庭根本不可能拥有私人所有的浴池，所以在当地相当于日本的"钱汤"一样的公共浴池非常的发达。

　　就像日本的"钱汤"一样，那样盛极一时的哈玛姆也逃脱不了被时代淘汰，在大街小巷里销声匿迹的命运。试想在蒸气腾腾的浴池大厅，设立在中央的大理石台子上很多人横躺在那里，是多么壮观的场面。在哈玛姆里有专门的服务人员叫做纳托乌鲁，可以给大家洗身或按摩，使

大家消除一天的劳累。洗过澡后，人们就可以得到神灵的恩宠。并且，这里也是大家泡完澡后边喝红茶边畅谈的社交场所。另外，在这里还会有各种文艺活动或戏剧表演，因此哈玛姆兼备了作为一般平民的娱乐场所的一面。

"土耳其浴"是非常传统、庄重的，但是浴池在日本过去一直是作特殊的所谓风月场所。对此土耳其人当然很是愤慨，土耳其驻日大使馆曾因此向日本提出了严重抗议。当然，现在的风月场所已经不再使用浴池这样的名称了。

第三章 .

不同病症的**泡澡疗法**

只要你能好好地泡半身浴驱除每天的虚寒，你就如同获得了通往健康的通行证。

话虽如此，可是现实中也并不能说只要泡澡就与一切有损健康的事情都绝缘了。

应该说，有很多人在不知不觉中养成不好的的生活习惯会导致固定生活习惯病，成为烦恼的根源。

因此，除了平日坚持的半身浴之外，如果我们多花点心思研究一下各种泡澡方式，就一定能够改善身体的各种令人担忧的疾病症状。

【寒症】
通过反复浴来改善植物性神经的平衡

人体特定的部位经常感觉到寒冷的症状，这就是寒症。出现寒症主要是因人体血液循环不良所致，不过有时其根本原因是植物性神经的平衡遭到了破坏。除了发冷、虚寒之外，还有不少人因肩膀酸痛、头疼而苦恼。因为有时这种情况与卵巢荷尔蒙的分泌减少有关，所以这些病症多发生在女性中。

用半身浴缓慢彻底地温热全身是最根本的解决办法，但除此之外还要再多下功夫尝试其他方法。例如，对于感觉不适的部位，可以先长时间地冲洗然后再冲一下冷水淋浴，这样反复交替冲几次，利用温度差所产生的刺激来促进血液循环。

当然我们也建议大家能积极地多采用"反复浴"这种方式。在微烫的水里泡3分钟，然后从浴缸里出来，用冷水淋浴冲手脚10秒钟左右，就这样重复4～5次。

在泡澡时如果能在辅以气泡浴，让强劲的气泡冲击身体上感觉虚寒的部位的话，效果就更好了。但是，这会给心脏带来很大的负担，所以患有心血管等循环系统疾病的人要避免用这种方式入浴。

实际上，是虚寒在作祟

【生理痛】

苦恼的生理痛也可以
彻底温热解决

　　有很多女性苦恼于生理经期的痛苦，有的因生理期间的腰疼而卧床不起，有的只能拼命吃止痛药。产生生理痛的原因有的是因为子宫、卵巢本身出现了异常，有的时候腰部周围的虚寒是直接导致生理痛的真正原因。

　　腰部若受寒，骨盆中会产生静脉淤血，腰肌疼痛、肿大变硬，最终导致骨盆歪斜变形。这种骨盆歪斜引起的疼痛，与妇科大经期疼痛不同，多数情况会直接出现腰疼的症状。但是无论如何，对于像子宫、卵巢这样非常纤细柔弱的内脏来说，虚寒是身体的大敌之一，这一点是毋庸置疑的。

　　有很多女性在生理期间都会特意不泡澡，但是实际上应该计算准出血少的时候，泡泡温水的半身浴来驱除腰部虚寒。有时用微烫的热水淋浴集中地冲击腰部、腿部，或者泡泡脚也很有效。

【胃病】
慢性胃炎、食欲不振的人应用温水慢泡
空腹时容易胃疼的人则适合用热水快泡

一般我们所说的胃部不适大体可以分成两大类。一种是因为胃酸分泌不足而导致饭后消化不良的所谓胃弱的情况。这属于慢性胃炎的一种，胃酸不足、胃无力等也属于这同一类型。为了促进胃酸的分泌，激活胃动力，最有效的方法就是长时间地泡温水浴。

而与此相反的，应该用较烫的热水短时间泡的，是空腹时胃部疼痛、胃酸过多、胃溃疡、十二指肠溃疡等另外一种类型。因为泡微烫的水，会使皮肤的血管扩张，使胃部血管收缩，这样就可以抑制胃液的分泌。但是如果胃疼是由于过度的精神压力而引发的话，泡热水澡也无法消除。有必要注意的是，早上洗烫一些的热水澡，晚上就寝前慢慢泡温水澡。无论哪一种泡澡方式都应该避免在饭前或饭后立刻入浴。

【失眠】
用温水浴刺激副交感神经
而轻松熟睡

如果植物性神经保持良好均衡状态，到了晚上人体管"休眠"的副交感神经就会发挥作用，使人体自然地进入睡眠状态。

但是如果白天占据主导地位的交感神经在晚上不能很好地与副交感神经实现转换，那么人不但很难入眠，而且半夜就会醒过来，或者睡眠太浅，睡不好觉。这些全都是失眠症状。

要想消除这些失眠症状，可以在要睡觉的前一个小时，在温水里慢慢泡20～30分钟，忘掉所有烦心的事。泡完澡后可以喝一点儿酒，这样对于缓解交感神经的紧张很有效。哪怕只有一次能够奏效，就很容易产生自我暗示：用这个方法就能入睡。

【精神压力】
紧张、不安时，最好慢慢地 泡一个长时间的温水澡

　　精神压力常常被人当做是不安、紧张。但是精神压力在医学上是人体自身自然治愈力的一种。也就是说，人体内具备面对外界刺激而保持身心正常的防卫能力、自然治愈力。精神压力实际上就是表明了身体健全的功能。

　　我们进行体育运动，或者拥有自己的梦想、目标而努力奋斗时而产生的一种精神压力，都是所谓的"好的精神压力"，具有这样的压力对人体来说是件好事。但是，因为人际关系或工作上的问题而情绪烦躁不安时所产生的"不好的精神压力"，如果长期积累下来的话，就会成为血液循环恶化，身体产生虚寒的一大原因。也就是说，"不好的精神压力"所导致的后果就是使人落入通往病痛的深渊。

　　最适合用以解除这种不好的精神压力，而且是每天都能很轻松方便地采用的方法就是泡澡。当然是要泡38度左右的温水的半身浴。温水可以发挥刺激副交感神经起作用的效果，再加上水减轻体重负担的浮力作用，可以使身心完全放松下来。

【疲劳感】
感觉疲劳的时候，
就好好地洗个冷水澡清爽一下

　　人体产生疲劳感的原因经常是由于肾上腺所分泌的荷尔蒙减少的缘故。在这种情况下，要想直接激活肾上腺，最简便快捷的方法就是彻底地洗洗冷水澡，促使荷尔蒙分泌更旺盛。这里所说的冷水浴也不能太凉，水温要控制在20度左右。

　　温度应该设定在泡进去会觉得有些凉的程度。这样的温度对于刺激肾上腺素的分泌，彻底消除疲劳感非常有效。洗的时间不能太长，只要10分钟就能起到非常好的效果。

　　刚洗完冷水澡时，皮肤的血管会收缩，然后血液循环就会改善，身心都会有一种清爽感觉。这是因为冷水刺激到全身的器官，使全身都充满活力。但是，患感冒，或者有高血压、心脏病、贫血症状的人应该避免洗冷水浴。

【便秘、腹泻】

无论便秘还是腹泻都可以
　　通过多多泡澡来驱除虚寒

　　特别是对于女性来说，便秘很容易成为他们产生烦恼的根源。一个人是否患有便秘，其判断的标准就是每天能否轻松地排出大约一根香蕉多少的便量。即使每天都排便，但是如果是像兔子的粪便似的一个一个的硬颗粒，或者排出的粪便过细，并且在排便时伴有不适感、疼痛感，这些情况都可以称为便秘。

　　造成便秘的原因有很多，有食用的食物纤维不足、肠内细菌群环境恶化，还有精神压力大等等。体内虚寒也是造成人体便秘的主要原因之一。因为当体内虚寒时，消化器官的活动会迟钝，排便能力也会减弱。

　　另外，腹泻是一种营养成分无法被完全吸收就流失出人体的现象。这也与肠内细菌群环境恶化、精神压力大、饮食过度，以及体内的虚寒有很大关系。

　　人腹泻时因为无法充分吸收营养成分，身体虚弱乏力；而人便秘

时，肠内无法排出的废气会返回肝脏而使人身体不适，造成人体的负担。这样不仅会使人皮肤粗糙、人体肥胖，甚至还会引发大肠癌。便秘是个大问题，决不能等闲视之，必须尽早解决。

要消除便秘，首先要解决的就是要温热腹部，使肠胃功能恢复正常。若是感到有精神压力的人，就应该好好泡泡温水澡，首先消除自身的精神压力。先泡一会儿温水澡后再添些热水，等水温升至43度左右再泡5分钟。从浴缸里出来后，再用较烫的淋浴对准腹部像画圆圈一样来冲击按摩。按摩时要按照大肠蠕动的方向做顺时针转动，即按照右下、右上、左上、左下的顺序来按摩。

当然也别忘记做些适度的锻炼腹肌的运动，并且摄取可以增加肠内有益菌类的食品。

【腰痛】

不小心扭着腰时，严禁泡澡
患有慢性腰痛的人可以在
泡澡时做些轻松的体操

　　导致腰疼的原因以及所表现出的症状是各种各样的。俗话所说的〞被鬼撞了腰〞的腰部疼痛，或者是在做运动时扭伤了腰等突发的腰痛，都会伴随有剧痛及患部的红肿。这种情况下，首先应该保持安静直到症状有所减弱。这时不仅是绝对不能泡澡，而且还不能用手指头按压或者按摩。要等症状变轻时才可以泡澡来达到促进康复的目的。

　　另一方面，对于慢性腰痛就应该积极地多泡澡。慢性腰痛，例如像长时间地驾驶而引起的肌肉过度劳累而产生的腰疼，或者像因为年龄增长、衰老而引起脊椎变形从而导致腰痛等等。可以通过泡澡促进血液循环，使积累在肌肉中会导致人体疲劳的乳酸等物质排出体外。另外，水的浮力效果会起到减轻关节所承担的体重负担的作用。

　　当疼痛不严重的时候，建议泡比平常时间更长一些的30分钟左右的半身浴。在泡澡的同时，做些轻微的腰部运动也很有效。例如可以双手握住浴缸的边缘，在不引起腰疼的限度内，尽可能地前后左右地活动腰部。即使只是做些腹部的收缩动作也可以锻炼强化背部及腹部的肌肉。另外，把肚脐以下的腰部泡进40度左右微烫的水中的泡腰浴对于缓解腰痛也很有效。

【肩膀酸痛】

肩膀酸痛，可以通过做体操和
冲热水淋浴来促进血液循环

　　引起肩膀酸痛的原因也是多种多样的。与慢性腰痛相同，既有因肌肉过度疲劳而致使血液循环恶化而产生的，也有因长年恶疾而引发的。例如，更年期综合症、贫血、低血压、糖尿病等。有时候，营养不良（特别是缺乏维生素B_1），也会引发肩膀酸痛。

　　如果不是由于长期的恶疾而引发的肩痛、颈痛的话，适合泡温水半身浴。等全身都充分温热起来后，再从浴缸里出来，做些简单的运动。也可以用水温微烫的淋浴来冲击按摩肩部，使肌肉放松。气泡浴也很有效。可以灵活搭配泡澡、做体操、淋浴按摩等形式，很好地改善血液循环，消除肩部酸痛。

【感冒】

感冒初期，用足浴就可治愈

患上感冒，大概可以分成三个阶段。轻微发烧、身体发冷，觉得自己"会不会是感冒了？"时，属于第一个阶段。接着在第二个阶段，气管等呼吸器官遭到病毒侵害。进入第三个阶段，表现为发高烧、腹泻或便秘等肠胃不适反应，以及食欲不振。第三个阶段属于非到医院看病才能解决的重症期。发展到这个阶段就严禁泡澡了。

通过泡澡来治疗感冒，只能是在第一、二阶段。一般发烧时，暂不泡澡为宜，但是如果只是打喷嚏、流鼻涕的话，有时可以通过泡澡尽早痊愈。泡澡时的水蒸气可以给喉部带来适度的湿气，使喉咙保持湿润。泡澡还可以促进新陈代谢，多出汗，使感冒很快治愈。足浴也具有相同的效果，泡脚时上身多穿些衣服，要厚实保暖，把脚包括小腿肚都泡进水温微烫的热水中。水温要一点一点地加热，直到45度，要泡30分钟左右。等全身都温热起来、大汗淋漓的时候，再用干浴巾紧紧包好，立即进入被窝休息。

【头痛】

突发性的偏头痛可立即泡手浴来缓解
紧张性的头痛则适宜冷热水交替泡澡

说起头痛，首先想到的应该是偏头痛。虽然称为偏头痛，但有时是大脑两侧都痛，因为是由于大脑中的血管收缩或膨胀而引发的，所以也被叫做血管性头痛。其特征是发作的头部侧面剧痛。而紧张性头痛，其诱因是身心极度紧张。特征是脑后部有被压迫被束缚的强烈疼痛，疼痛的程度与精神压力的大小成正比。这两种头痛都可以用泡澡疗法来改善治愈。

尽快解决突发性的偏头痛的有效方法是手浴。如果脸色发青的话，要泡40度左右的较热水温的手浴，面色红润的话就泡18～20度低温的。无论哪一种，都应该先泡5分钟再休息2分钟，这样反复2～3次。

对于紧张性的头痛，则应该用冷热水交替泡手或脚。在42度以上的热水中泡3分钟，再在凉水里泡10秒，这样反复5～6次，要想消除紧张情绪，长时间泡温水澡也是一种有效的方法。

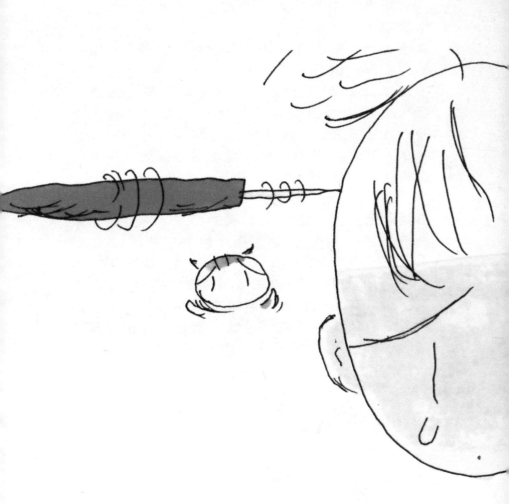

【高血压】

血压高的人最适合泡长时间的温水澡
血压低的人则应浴后冲一下冷水来调整

患有高血压的人，严禁泡42度以上高温热水澡。因为泡高温的水，人一进入浴池血压就会急速上升，然后再回落，再上升，这样反复激烈变化。有高血压的人最适合泡水温在38度左右的温水澡。泡温水澡还有促使泡澡期间的血压低于平常血压的效果。此外，不要忘记在泡澡时，要把浴室温度调整到22~24度，使浴室温热起来。这是因为，浴室温度与浴缸温水之间的温差越小，对血管的负担压力也就越轻。

另一方面，有低血压的人最有效的泡澡疗法就是低温半身浴。泡低温的半身浴，身体所承受的水压比较低，而且植物性神经也能够得以平衡。在泡澡的同时，将一只手泡进凉水里，还有提高血压的功效。冲微烫些的反复浴也很有效。如果在泡完澡后，用些冷水冲冲身体，还能够将浴后血压下降减至最低。但是，对于心脏功能较差的人，最好还是慎用此法。

【心肌梗塞】
患心壁血管狭窄或心肌梗塞
的人适合泡低温浴
促进血液流通更加顺畅

当心脏的肌肉，也就是负责运送血液到心脏肌肉的冠状动脉变得细小、狭窄甚至堵塞时，就是我们一般所说的心壁血管狭窄或是心肌梗塞。冠状动脉变得细小、狭窄，心肌就会因供血不足而无法正常工作。若硬要心肌勉强支撑，就会产生疼痛症状。解决的办法就是使血管变粗，而泡澡是最简便易行的实现血管扩张的方法。

具体的泡澡方式是泡长时间的温水浴。尽可能坚持每天泡20~30分钟。但是，要特别注意的是，泡澡时的水压。泡澡时的水压不仅对于心壁血管狭窄或心肌梗塞不好，对于一般的心脏病来说都会带来不利影响。要想保护心脏免受水压的不良影响，就要切记不要将全身都泡进水里。可以将双乳间的连线作为安全水位线。

嗯……
好了！

泡澡的科学3

红外热感应
证明了气泡浴的保温效果

通过红外热感应图，我们可以清楚地认识到气泡浴所具有的出色的作用，特别是会惊异于其泡澡效果之一的保温功效。让人难以置信的是，在泡完气泡浴后出来过一段时间之后，皮肤的温度会一点一点上升。

让我们来对比一下红外热感应图所测得的数据。这些数据是对比了只放入入浴剂的泡澡方式Ａ，和使用了入浴剂以及气泡装置的泡澡方式Ｂ，验证了Ａ、Ｂ两种泡澡方式各有不同的保温效果。（不使用入浴剂的，还没人泡过的"第一泡"对于人体的刺激太强，建议大家最好不采用，所以实验中也省略了这种方式。）Ａ、Ｂ两个方式都是在水温40度，泡10分钟，然后测量出浴后120分钟内的体温变化的结果。

【上半身】泡完澡后过了60分钟，皮肤温度仍然

Ａ　　只放入入浴剂的泡澡方式

维持着出浴时的温度。

过了120分钟后，因为接触外界空气，脸部皮肤温度有所下降，但是上半身的保温效果仍旧持续着。

【下半身】泡完澡60分钟后，脚部的保温效果还在持续着，但是小腿肚部位与浴后30分钟时相比较有所下降。120分钟后，小腿肚部位的皮肤温度就更低了。

最后得出的结论是，采用Ａ泡澡方式，虽然一般容易发冷的下半身的皮肤温度会有所下降，但是上半身在泡完澡后的两个小时内保温效果可以很好地得以维持。

【上半身】泡完澡30分钟后，一度曾下降的皮肤温度开始上升。60分钟、120分钟后仍旧继续上升。在脸部也有皮肤温度再次上升的现象。

Ｂ　使用了入浴剂和气泡浴装置的泡澡方式

【下半身】在泡完澡30分钟后下降了的皮肤温度，在过了60分钟后再次上升。但是在过了120分钟后又再次回落。

从以上数据可以清楚地了解到，气泡浴最大的特征就是：泡完澡后身体不会发冷，而是能让身体由内到外温热起来。因为气泡的作用就是使血液流动更加顺畅，增强使体表温度扩散至全身各个部位的温热效果。另外，浴缸里总是有气泡涌来流去，所以泡澡水的温度可以保持均匀。因此不难理解，气泡浴比一般的洗浴方式更能让身体从内部温热起来，而且保温效果也更好。

此外，在这个实验中，被测试者是将气泡浴的装置对准腰部、背部、腹部等部位进行的，所以好像与上半身相比，下半身更容易随着时间推移而逐渐冷下来。如果将气泡直接对准脚底进行按摩的话，下半身的保温效果也会增高。关键是要多针对容易发寒的部位进行重点性的气泡按摩。

红外热感应是指利用红外线检测仪，测量身体表面温度的分布并将其转换成图像的设备。本书中所采用的数据来自高轮医学诊所所长久保明医师的实验数据。

泡澡漫谈 3
桑拿浴和温泉疗养院

　　与土耳其的哈玛姆同样属于蒸气浴的芬兰桑拿浴，现在在日本也广为人知。但是哈玛姆仅仅是蒸气浴，而与其相比，桑拿浴不仅有蒸气浴还有所谓的热气浴的作用。具体说，在桑拿浴中，是加热石头，使其保持高温，既利用了石头的热能，又利用了给高温的石头上浇水而产生的蒸气的温热作用这两个方面。

　　据说对于芬兰人来说，桑拿并不是单纯让人流汗的场所。就如同对于伊斯兰人来说，浴池是一座水的寺院的比喻一样，对于芬兰人来说，桑拿也是一种洗涤身心的地方。人们曾在这里让孩子降生，也在这里为逝去的人举办葬礼。据说被恶魔附身的人也曾在桑拿浴中接受驱除恶魔的仪式。现在人们有时仍旧会使用桦树枝做成的扫帚，在过去曾经是举行仪式时所使用的小道具。

　　值得一提，也是让人有些意外的是，芬兰式的桑拿浴被引进到日本是在1966年，其历史还很短。

　　另外，发源于德国的温泉疗养院在日本已经完全地被大众所接受。温泉疗养院作为利用丰富的温泉资源，促进人体健康的设施，自昭和54年(1979)在日本长野县白马村首次出现以来，到现在全日本境内已经有50多家了。在德语中

Kurhaus 的 kur 有治疗、保健之意，而 haus 是指房屋、建筑物。因此，Kurhaus 的意思就是指温泉疗养场所。这与日本自古就有的温泉治疗有着相似之处，不过，德式温泉疗养院中有医疗、训练的设施。而且，周围还设有散步的小道，是更加积极促进身体健康的场所。

在温泉疗养院中，泡澡的设施也是多种多样的。有冲洗浴、半身部分浴、桑拿浴、水柱冲疗浴等不同类型的浴池。在温泉疗养院一定要体验一下气泡浴、仰浴和浮游浴的妙处。因为这些泡澡方式对于所谓的生活习惯病，例如：糖尿病、高血压有特别显著的疗效。

第四章

泡得更**舒服**、更**美丽**

你一旦领会到能做到温水慢泡就能使身体健康，你就已经称得上是泡澡行家了。

剩下来，就是要以自己的方式多花些心思来充实你的泡澡时间而已。

比如，保持现在的泡澡方式，或者在此之外，添加一些别的元素，制造一个特别的，与以往不同的泡澡空间。

为了能够享受到更加舒适的泡澡乐趣，我们还应该多注意掌握好安全的泡澡方式。

使用入浴剂，泡澡效果更显著

虽然很多人在使用入浴剂泡澡时，都能够切实体验到使用入浴剂泡澡更加轻松愉悦。但是，大多数人对于入浴剂具体的功效不很信任。

你是不是也觉得用不用入浴剂没有什么差别呢？

这种想法是大错特错的。

入浴剂可以说具有使身心都能够感到放松，舒缓压力等多种功效的，是泡澡的必备用品。

松叶香气，充分享受森林浴的感觉

最近特别流行的芳香疗法其实是早在公元前的古埃及、古印度就已经出现的香疗法。

这种芳香疗法一直沿用至今，就是因为实验已经证明扑鼻而来的香气由鼻孔传人大脑，具有刺激植物性神经、内分泌系统、免疫系统的功效。

日本自古就有的柚子浴、菖蒲浴、松叶浴等药浴，在理论上讲与这种芳香疗法是完全相同的。

特别是松叶的芳香，其主要成分是，富含杀菌力的 fitontsid 的挥发性物质萜烯（terpene）。

泡澡时只要加入含有针叶树精油——松针油的入浴剂，就能够在自己家里享受到自然疗法——森林浴。

如果用松香剂搭配具有舒缓眼部疲劳的绿宝石香精，那么放松身心的效果就更强。

保湿效果，肌肤更美丽

　　入浴剂中含有软化水质，使泡澡水更加柔和的功效，所以即便是对身体不好的"第一泡"，只要加入了入浴剂，也可以放心泡澡。无论身体状况如何，每个人都可以安心入浴。

　　当然，入浴剂还能起到使人体由内向外温热起来的效果。

　　使用入浴剂，其保温效果可以持续很长时间，因而可以促进皮肤排汗功能，皮肤能够变得更润滑。

　　入浴剂的另外一个不可忽视的效果就是它其中的植物精油会在人体全身的肌肤上形成一层保护膜。

　　无论是在保湿作用方面还是在保温效果方面，没有加入浴剂的泡澡水与使用了入浴剂的，其功效有很大的差别。

　　使用了入浴剂，不仅对于美容护肤有很大益处，而且还可以保护身体不会着凉。

　　所以说，使用入浴剂不只是一举两得，而是有三重甚至四重的功效。

　　例如，在欧洲自古以来就有的健康泡澡方式——松叶浴，至今仍广为流传。

　　松叶香精油有清除萜烯（terpene）类血管中的胆固醇的功能，还富含有净化血液作用的叶绿素，对眼睛、皮肤有益的维他命A，有助于强化血管道维他命C，对糖尿病有治疗效果的糖原质等物质，蕴含着许多健身功效。

保护膜

随心所欲，有个人风格的泡澡时间

私人图书室

　　20分钟左右的泡澡时间正好可以用来读书。

　　将书本也一起带入浴室，很容易读书读得太入迷，从而导致泡澡泡过了头。

　　所以也要注意别因为读书而泡澡泡得太久了。

　　边泡澡边读书时，可以把盖浴缸的木板当做书桌。

　　还可以带上防水的笔和笔记本，这样浴室一下子就又变成了属于个人的图书室。

　　泡澡时可以选择一些早想看的宣传册或杂志等即便是弄湿了也不要紧的读物。

　　有很多人在上厕所的时候喜欢带上报纸看，而我呢，是喜欢在泡澡时看。这样还可以仔细研读自己感兴趣的新闻报道，也是一种好的学习。

卡拉 OK 练唱，心情更舒畅

在泡澡时，人体的交感神经会受到刺激，因此人全身心都放松下来，不知不觉地就哼唱起歌来……

在浴室里的回声效果非常好，再加上好不容易有这样松弛的时间，不如干脆放声高唱，将浴室当做练歌房。

反正唱歌的人和听歌的人都只有自己。

无论是唱意大利咏叹调，还是吟诵诗词，都可以随心所欲。

当然也要注意不要吵到周围的邻居。

你还可以把防水的录音机带入浴室，边泡澡边投入地听听音乐。

这时你不仅仅是用双耳，而是用整个身心去欣赏，也别有一番享受。

勤奋学语言

据说人集中精力做事情时，精力集中的时间是以２０分钟为一个单位波长来变化的。

而外语讲座的时间也大概是２０分钟左右。

平时不紧不慢地似乎花了很多时间在学校外语，但是并不一定就能有所提高。

其实每天的泡澡时间最适合用来学习外语。

只要每天都坚持，说不定哪一天突然就能说得很棒了！

在泡澡时间学外语，与其用来研究外语的语法规则，还不如听听外文原声电影对白或小说的录音磁带更奏效。

只要能持之以恒，每天坚持学习，总会有一天能够完全听懂故事情节内容的。

也许正是因为整个人都放松下来了，所以会觉得要学的东西一下子就钻进了脑子里。

不是有一种叫做睡眠学习法的吗？所以，这种泡澡学习法也不是什么不可思议的怪想法。

当然，你还可以配上一台浴室用的防水电视机。

不过这样的话，你或许就不会看外语讲座了，而是看其他别的节目。

美容室

单单是充分享受泡在浴缸里发呆的那种极其放松、愉快的心情，就已经是一天当中非常重要的时刻。

有时也可以在浴室里做些美容运动。

因为在浴池里可以最大限度地利用泡澡水的浮力作用，所以在泡澡时作运动最大的好处就是不会感觉到很疲劳。

即使不使用什么特殊的运动器械，也可以达到提高肌肉力量的效果。

例如，将手臂伸直，双手握紧浴缸边儿，然后向前做伸压动作。或者更简单的，将双手在胸前合拢，用力压。

肌肉已经有些松弛的手臂，很快就会结实紧绷起来。

对自己腰围不甚满意的人，可以挺直背部，将上半身左右扭动，交替做几次，但运动要适度。

泡澡安全讲座
体弱者和老年人应尽量避免第一泡

有句谚语叫做："第一泡乃身之毒"。所谓第一泡，就是刚烧好的、还没有人泡过的洗澡水。第一泡对于体质弱或者是上了年纪的人有负面影响。这是因为刚烧好的泡澡水里面没有什么杂质，纯净得近乎于蒸馏水，所以其导热作用很强，比较烫。而且，第一泡会洗掉人体皮肤表面的钠、钾、脂肪等，使人体更容易疲劳，并导致血压升高。

另外，第一泡还有一个不好的地方，那就是在泡澡时，浴室的温度还很低，没有充分暖热起来。而且泡澡水本身也存在温差，上面的水比较烫，下面的水相对温度要低。这些温差会刺激人体血管、植物性神经，所以一家人泡澡时，让年轻人先泡老年人后泡，才是真正孝敬老人的表现。

这样可不行！

第一泡乃身之毒

要注意冬天
浴室和更衣室的温差

有时我们会听说一些在泡澡时发生的意外事故。而且其中大部分多集中发生在冬天。特别要指出的是，据有关统计报告显示，在年龄超过70岁的老年人突然死亡的事件当中，实际上有近十分之三是发生在泡澡时。

当人们身处于寒冷的场所时，人体的交感神经紧张，血管会收缩，造成血压瞬间上升。与此相对，如果处在温度适宜的环境中，副交感神经就会有所反应，血管会扩张。

从较冷的更衣室到较暖的浴室，再到更热的浴缸里，每一次环境温度的变化都会引起人体交感神经与副交感神经交替作用的变化。

在温差比较大的冬天泡澡时，一定不要忘记，在泡澡前先要用热水淋浴冲冲浴室的墙壁和地板，或者事先提早打开浴缸的盖子，让热水的水蒸气把浴室温度先预热好。

泡澡前后记得要好好补充水分

　　人在泡澡时，身体因出汗而流失的水分远比我们想像得要多。如果水分流失只是引起口渴、喉咙发干的话，没什么大问题。但是有时水分缺少，会使血液黏度增高，甚至会引发脑梗塞、心率不齐等问题，所以不能马虎大意。

　　患有心脏疾病和血压不正常的人，一定不要忘记在泡澡前后都要喝杯水来补充体内的水分。

头上的毛巾可以预防头晕脑充血

　　常常可以看见日本人在泡澡时，会将毛巾搭在头上。这种打扮看起来就很舒服，但其实看似无意识地顶在头上的毛巾并不是所谓的日式泡澡流行风格，而是起到了很好的预防头晕的作用。

　　头晕的原因其实就是有过多温热的血液涌入了大脑，致使脑部充血。所以用水浸湿的毛巾放在头上可以降低头部温度，是解决头晕、脑充血的最简单便捷的方法。

泡澡后冲温水能防止着凉

　　日式泡澡的正确泡澡方式中，与泡澡前先冲冲身体具有同样重要意义的，就是在泡完澡后也要用水冲身。泡澡使人身体温热起来，人体血管扩张，血液循环也更顺畅。泡完澡出来之后，身体不会立刻恢复到原来的状态，所以此时血液中所携带的热量会从皮肤上释放出来。但是如果热量释放过度，就会使人着凉。

　　而泡完澡后用水冲冲身体，就可以起到预防着凉的作用。用比泡澡水稍微凉一些的温水冲冲腿脚，全身血管就会收缩。血管收缩就相当于给大脑发出一道调节体温的指令，使身体控制热量的释放。

　　患有高血压、心脏病的人，要特别注意浴后不要用冷水来冲身体。

泡澡的科学 4

植物性神经与泡澡的关系

人体健康关键取决于植物性神经的平衡力

复杂的人体可以不必——思考并发出指令就能顺利的运作，全都是因为植物性神经在发挥作用。植物性神经又分为两大类，一类是在"开始战斗"时处于优先低温度交感神经，另一类是在"休息"时处于优越地位的副交感神经。

交感神经和副交感神经交替作用，就像拔河一样，处于平衡状态时，就可以自动调节全身各种功能。

所谓二者平衡的状态就相当于拔河比赛分不出胜负的时候。二者相互拉力的大小，决定了人体的健康状况。拉力大时人很健康，如果拉力小时，身体状况就容易出现问题。

早上泡澡可以促进交感神经的作用

交感神经与副交感神经不仅保持着绝妙的平衡，而且还各自分担着身体各种不同的功能。基本上来看，交感神经注意起着支持白天各种活动的作用。比如，工作、思考问题等促进大脑功能的活动。再比如，人生病时，通过发烧来促进身体新陈代谢，这也是交感神经在起作用。

因此，在新的一天开始之际，冲个热水浴或者泡一会儿热水澡，可以促进交感神经起作用，使人更加活力充沛。

另一方面，副交感神经是负责夜晚的活动，它的作用是当人体横躺下或睡觉时，使大脑得到放松、休息。

泡澡时下意识地吐口气，会更加刺激副交感神经

在一天工作结束后，将身体浸泡在浴缸里，会使人产生一种幸福感。在这种心情舒畅、全身放松的时候，我们都会不自觉地"啊"地长长舒一口气。实际上，这是刺激副交感神经的正确做法。副交感神经受到刺激后作用增强，人的心跳数会减少。泡澡时所感受到的那种悠闲的满足感，实际上就是副交感神经在发挥作用的结果。

相反，当受到惊吓时"啊！"地倒吸一口气，刺激到的是交感神经。此时，副交感神经的功能就会降低。

38～39度的温水能提高调节力

对在38度和超过40度以上的两种水温中分别泡澡10分钟之后，交感神经与副交感神经的变化做比较调查的结果显示，38度的水温既可以促使副交感神经起作用，也能增强交感神经的功能。也就是说，38度左右的水温能够起到增强人体调节能力的作用。

而水温达到40度以上时，体温的急剧上升会刺激交感神经，但是副交感神经则无法维持原来的兴奋状态。可以说，温水泡澡能够自然地调节植物性神经的协调。

泡澡漫谈 4

日本人对泡澡的喜爱
是从佛教传来时开始萌芽的

释迦牟尼曾训诫弟子："入浴能除七病得七福"。

随着佛教这种训诫的普及流传，在日本的寺院里建起了很多浴堂，而且日本境内的温泉也广为人所用。

奈良时代以前

●沐浴室作为一种净身的仪式

●各地出现了用岩石围成的浴池来沐浴的习惯

★公元538年，随着佛教传人日本，寺院里开始修建浴堂。开始有了沐浴的习惯。★

奈良、平安时代

公元752年，当时日本最大的浴池——东大寺的"大汤屋"出现。这是为了前来东大寺学习的僧人而建造的大型浴池。当时是用容量为2~3千升的铸铁制造的大锅来烧洗澡水的，其给水方式至今仍在沿用。

●光明皇后的千日施浴传说

●圣德太子建造的法隆寺中也有浴堂的遗迹。

●朝廷官吏们也举行例如〝汤殿之仪〞的仪式化的沐浴。当时还有所谓的〝产浴〞，就是指新生婴儿在出生后立即挑选吉日举行沐浴仪式。

镰仓、室町时代

★再现了东大寺大汤屋的俊乘坊重源使浴池组全日本国普及。他是日本沐浴史上不可或缺的重要人物。★

●一般平民是以蒸气浴为主，泡澡是在贵族们中兴起而后又传到平民中的。泡澡的习惯逐渐形成。

●随着传教活动的发展，温泉浴也广为传播。一遍上人、真教上人将佛教与温泉的关系向武士、农民、一般大众进行宣传，在城市里逐渐出现了浴池、〝汤屋〞。此外，行基、空海等高僧也在全日本各地发现了很多有名的温泉。

江户时代

★在新兴城市江户，公共浴池大为流行。★

在关西自古就有很多私人浴池，但与关西相比，江户却很少有私人浴室。在火灾多发的江户，曾严禁私人建浴室。只有少部分上层阶级才有拥有私家浴室的特权。

●1591年，伊势与一位从全日本各地来江户打工的人们建造了公共浴池——〝钱汤〞。据传在此之前的1400年前后，在京都、大阪都出现过大型蒸气浴的公共浴池，但是这种说法还未被证实。

●在城市里逐渐有一部分人拥有了私人浴室。

●17世纪在江户，公共浴池开始普及。而在关西，多数家庭拥有自家的浴室。

★江户公共浴池出现为向休闲娱乐中心发展的趋势。★

●江户出现有暗娼陪伴的所谓"汤女"浴池。

●1657年，"汤女"禁止令颁布。同期出现了类似于俱乐部的两层楼建筑的浴池。这种浴池是客人泡完澡后可以在2楼下围棋或象棋进行休闲娱乐的男性专用浴池。

●19世纪，式亭三马在幽默小说《浮世澡堂》中，描写了当时江户平民的日常生活。成为当时的畅销书。

明治、大正时代

●平民大多习惯去公共浴池——钱汤。

●明治时代浴池多设在非中心地带。

●大正时代浴室多建在房屋主建筑中。

昭和时代

●在城市里，公共浴池已经很普及了。偶尔也有人到别的有浴室的人家借用浴池泡澡的。

昭和30～50年代　家庭浴室普及

●私人浴室日趋普及

●有些家庭还开始安装淋浴设施。